魔兔傳說SOS ①

利倚恩 著

消失的風向魚

岑卓華 繪

利倚恩的話

自從幾年前看過動畫電影《Pet Pet 當家》，我被可愛的小白兔「毛毛」（Snowball）俘虜後，一直想寫有很多兔子的故事。

我沒有養兔子，上網搜尋兔子的資訊，才發現兔子有很多品種。安哥拉兔、道奇兔、垂耳兔、海棠兔……各種兔子在腦中蹦蹦跳跳，跳出各自的個性和名字，我把這些靈感一一寫在筆記簿裏。

2021 年，我再次打開筆記簿，把當年寫下來的點點滴滴，結合成完整的故事。我和編輯商量了很多次，最終決定將兔子變成人型，加上魔法和寓言，創造出「月落之國」的魔法世界。

在故事裏，小五學生芷冰很煩惱，不知道怎樣面對她的好朋友。當她遇到魔法兔後，生命會有所改變嗎？

困難令我們很苦惱，自己未必有能力解決，大人也未必察覺到我們的心事。有時候，我們要主動出聲，大人才有辦法幫助我們。

「SOS」是求救訊號，當你遇到困難時，希望你會主動求救。

你也想和魔法兔做朋友嗎？來吧，伸出你的手，打開魔法之門……

人類世界流傳着一個都市傳説——
在成年之前，每人都有一次機會，
來到名叫「月落之國」的奇幻國度。
在那裏，有一間「魔兔便利店」，
人類可以在店裏找到解決煩惱的方法。

「叮咚！」店門打開了。
「歡迎光臨！」
誰是今天的幸運顧客？

魔兔便利店成員

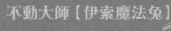

不動大師【伊索魔法兔】

店長　年齡不詳，安哥拉兔

魔法能力：高級
可以隨意召喚《伊索寓言》的角色。有智慧，懶惰，不消耗無謂的體力。

芝絲露【食物魔法兔】

廚師　12歲，道奇兔

魔法能力：初級
可以用食物製作魔法藥，動物和人類服用後，會獲得相關能力。好奇心重，愛幻想，時常出現腦內小劇場，最愛吃芝士。

芭妮【氣象魔法兔】

店員　13歲，垂耳兔

魔法能力：中級
可以控制自然現象，隨時呼風喚雨。外表嬌小柔弱，其實身手敏捷，行動力強；不喜歡魔法，如非必要不會使用。

白公子【植物魔法兔】

店員　13歲，海棠兔

魔法能力：中級
可以控制植物的活動和形態。風度翩翩，有王子氣質但自戀；自稱大偵探，但推理能力值是「零」。

目錄

第①章
我可以相信你嗎？

兇手竟然是我最好的朋友！

芷冰無法理解眼前狀況，只是在心裏不斷重複着這句話。

星期四中午，吃完午餐後，小五的芷冰來到視藝室，同學們圍着擺放陶藝班作品的櫃子，指責站在作品櫃前的雪婷。

芷冰踮起腳，伸長脖子，看到櫃裏少了一套貓咪杯碟，地上多了一堆陶瓷碎片。單憑碎片的顏色，她立刻認出那是思薇的作品。

陶藝班的同學將會參加校際陶藝比賽，芷冰喜歡兔子，做了兔子茶壺，雪婷和思薇家裏養貓，同時做了貓咪杯碟。

同學們做好作品後，由老師拿去燒製，燒好後放在視藝室的作品櫃。老師將會把作

品送到參賽機構評審，而明天便是報名截
止日。

「不是我摔破的，我進來時已經
在地上了。」雪婷說。

「這裏只有你一個人，你剛才還想逃走，被我撞見就開始狡辯。學校沒有養貓，所有窗都關上了，杯碟本來放在櫃子裏，難道它們會被風吹下來嗎？」女班長惡狠狠地反駁。

「我不知道，總之不是我做的。」雪婷的語氣很堅定。

「可能有幽靈和妖怪來搗亂。」

有同學開玩笑，幾個同學應聲附和。芷冰卻笑不出來，當下發生的事並不好笑。

正當大家熱烈地談論着，思薇來到視藝室，女班長馬上向她告狀：「雪婷摔破你的參賽作品。」

思薇呼吸急速，眼眶漾滿淚水，當場大哭起來。比賽明天截止報名，她沒時間做新作品參賽。

思薇的遭遇令人同情，同學們更加嚴厲

地指責雪婷。雪婷無法再為自己辯護，用眼神向芷冰求救，芷冰卻移開視線，一句話也不說。

厚厚的烏雲把太陽遮蔽，陽光從地板退出窗外，視藝室一片昏暗。芷冰和雪婷的**心情跟天色一樣灰濛濛**，不敢想像接下來會發生什麼事。

🌙　⭐　🌙　⭐　🌙　⭐　🌙　⭐　🌙

女班長通知班主任出事了，雪婷和思薇被叫進會議室。芷冰和兩個女同學**躡手躡腳**來到門外，輕輕推開門，從門縫偷看會面情況。

班主任和視藝老師坐在桌子左邊，雪婷和思薇坐在他們對面，氣氛十分凝重。

「我來到視藝室時，思薇的**貓咪杯碟已經摔破了**。當時視藝室裏面沒有人，我打算撿起地上的碎片，女班長就走進來，不是我摔破的啊！」

雪婷緊張得用力地抓住裙子，不自覺地把裙子弄皺。

「你為什麼一個人去視藝室？」班主任問。

雪婷垂下眼睛，咬着嘴唇，顯得**有點難為情**。

「你說出來吧。」視藝老師說。

「我想再看看自己的作品，跟它說加油。」雪婷望着思薇說：「我真的沒有摔破你的作品啊！」

思薇情緒激動，剛止住的淚水再次流下來，哭着說：「算了吧，不要責怪雪婷，**我不想再說了**。」

由於沒有確實證據，思薇也表示不追

究，老師只好當作意外，讓這件事劃上句號。

「視藝室作品損毀事件」在班裏火速成為熱門話題。在老師進入課室前，同學們三五成羣圍在一起，爭相發表意見。

「有心做壞事，當然不會承認。」

「雪婷和思薇最有機會拿冠軍，她們做同一款作品參賽，壓力很大呢！」

「我聽説雪婷很妒忌思薇的才華，到處説她的壞話。」

「對啊，對啊，我都覺得雪婷經常瞪着思薇，可能在心裏詛咒她。」

「我也聽説雪婷好勝心強，少一個對手，就多一個機會贏。好勝心真可怕！」

「芷冰，你和雪婷經常一起回家，她有説過什麼嗎？」

「我……」不知為何，芷冰無法爽快回答。

「**雪婷不是好人**，你不要再跟她在一起啦！」

「但是……」

就在同學們積極發表意見時，思薇回到課室，大家隨即圍住她、安慰她。幾分鐘後，雪婷也回來了，現場頓時鴉雀無聲。

「用卑鄙手法贏了冠軍，也會受到良心責備。」

「做錯事不認錯不道歉，真差勁！」

聽到同學們的指責，雪婷深深不忿，高聲說：「我沒做過壞事，也不會參加比賽，你們滿意啦！」她返回自己的座位，「啪」的把課本擲在課桌上。

之後，全班同學都不理雪婷，分組活動也不和她說話，彷彿她根本不存在似的。芷冰在羣眾壓力下，也不敢和雪婷接觸。班裏的氣氛變得很奇怪，芷冰覺得透不過氣，很

想抱着書包逃離現場。

放學後，雪婷站在校門前等芷冰，芷冰猶疑着要不要走過去時，被兩個女同學拉住手臂。

「我們一起回家吧！」

「有我們陪你，你不必勉強跟那個人做朋友。」

芷冰被她們半拉半扯地拖走，跟雪婷擦身而過，雪婷叫了一聲「芷冰」，芷冰卻不停步，不回頭，也不敢看她一眼。

雪婷沒有糾纏，帶着失落的眼神目送芷冰越走越遠。

♪　★　☾　★　♪　★　☾　★　♪

芷冰和雪婷住在學校附近，從小一起長大，幾乎天天見面。只是半天時間，班裏便謠言滿天飛，人人都有不同見解，人人都好像説得對。

這個晚上，芷冰在牀上輾轉反側，怎樣也睡不着。第二天早上，她拖着沉甸甸的腳步出門。

「唉！好想請病假不上學。」走到街口轉角處，突然有一隻手伸出來，猛力拉芷冰進去。

「嘩！」芷冰嚇得大叫。

「是我，你叫得太大聲了。」

芷冰定睛一看，原來是雪婷。

為什麼避開我？

「我沒有……」芷冰否認，隨即改口：「**對不起！**」

「我以為你會幫我說好話，沒想到連你都不理我。」

「我很遲才來到視藝室，根本不知道發

我可以相信你嗎？

生什麼事。」

「我說過很多次，當我進入視藝室時，思薇的作品已經摔破了。」

「不是你做，**是誰做的？**」

「我怎麼知道？」

「但其他人沒必要這麼做，對自己又沒有好處。」

「你說什麼？連你也認為我妒忌思薇，故意破壞她的作品？」雪婷露出難以置信的表情。

「我不知道！我不知道！我不知道！他們都說得有道理，我不知道應該相信誰。」

雪婷鼻子一酸，眼眶通紅，難過地說：「就算全世界都誤會我，我也不想你懷疑我。」

空氣寂靜了，**兩人沉默了**，連車聲和腳步聲也漸漸消散了。

☽ ★ ☽ ★ ☽ ★ ☽ ★ ☽

每逢星期日，芷冰和雪婷都會逛寵物店，有時買零食給貓咪多多，有時只看看不購物。上星期日，她們如常逛寵物店，看到牆上貼了新款貓零食海報，約好今天一起去買。

　　雖然兩人吵架了，但是雪婷**自問沒有做錯事**，理直氣壯來到寵物店。正當她想按下自動門按鈕，手卻懸在半空。

　　今天**不想見到芷冰**，不想再提起不開心的事。「下星期再來買吧。」雪婷心想，她將手縮回，掉頭回家了。

　　陽光穿過窗簾縫隙爬到牀上，芷冰拉高被子蓋着頭，不想起牀。可是，媽媽不准芷冰睡到日上三竿，再不情願也要起牀，還要幫媽媽買砂糖。

　　已經兩天沒說話，這叫做冷戰嗎？芷冰想見雪婷，卻怕見面會尷尬，思前想後，不知不覺走到了寵物店。

雪婷在店裏嗎？貓零食放在店舖最裏面，芷冰看不到雪婷到底在不在裏面。

　　進去？不進去？見面後說什麼？

　　芷冰在門外猶疑不決之際，雪婷含着淚水的臉掠過眼底，心很痛！不能再想東想西了，芷冰深呼吸一下，**鼓起勇氣按下自動門按鈕**。

　　「叮咚！」店門打開了。

　　「怎會這樣？」芷冰嚇到愣住。

　　店裏有兩隻站立行走的兔子，正在高聲說話。

第②章
歡迎來到魔法世界

　　芷冰打開寵物店的門，竟然來到**便利店**。零售區的貨架堆滿各式貨品，熟食區的熱食櫃和甜品櫃卻空空如也。

　　有一隻長毛遮眼的安哥拉兔，癱軟在用餐區的椅子上睡覺。

呼嚕……呼嚕嚕……

「百里香？薄荷葉？紅紫蘇？我白公子是天才，全部放進去啦！」另一隻**英俊帥氣的海棠兔**在熟食區的廚房裏忙着。廚房種滿各種香草，他不停跟香草說話，香草左搖右晃，好像正在回答似的。

還有一隻**嬌小可愛的垂耳兔**在拖地。頭上的雲朵一邊下雨，一邊跟垂耳兔吵架。

「小雲，不要再下雨，**我討厭魔法**。」

「芭妮，我要幫你清潔地板，這樣快得多了。」

芷冰驚訝得張開口，下巴快要掉到地上，心想：這是幻覺，一定是幻覺！她努力叫自己冷靜，轉身走出便利店……

「怎會這樣？」原本人來人往的現代化街道，竟然變成**歐洲風格童話小鎮**。附近有鐘樓和廣場，街上全是**站立行走的動物**。

芷冰返回店裏，兔子依然在說話和睡覺。她再走出去，仍然是童話小鎮。她再走入去，仍然是便利店。

從前聽過的都市傳說喚醒記憶，芷冰失聲尖叫：「難道這裏是魔兔便利店？」

白公子、芭妮和小雲同時望向店門，終於注意到有客人來了；那隻安哥拉兔卻完全沒反應，繼續呼呼大睡。

難得有客人到訪，白公子撥一下頭髮，拿着麥克筆走到芷冰面前，笑着說：「歡迎光臨鼎鼎大名的魔兔便利店，我幫你簽名。」

「不用了。」芷冰一個箭步衝向芭妮，緊緊地拉着她說：「我最喜歡垂耳兔，可惜爸媽不讓我養兔子。」

「原來我才是真命天女喔。」

芭妮向白公子舉起勝利手勢，「我叫芭妮，頭上的是小雲，氣象魔法兔；他是白公

歡迎來到魔法世界

子，植物魔法兔。你叫什麼名字？」

芷冰放開手，説：「我叫芷冰，是不是你們叫我來這裏？」

芭妮搖搖頭，説：「不是，但以前**也有人類來過店裏喔**。」

「其他人在哪裏？」

「他們都回家了，所有來過魔兔店的人，最後都會主動要求回去。」白公子説。

「**魔兔店**？」

「店名太長，用簡稱比較方便。這條街上有兩間便利店，近火車站的是貓大王便利店，簡稱貓王店。」

「兔子和貓咪開便利店，實在太有趣了！難得來到魔法世界，我絕對不想走。」才聊了幾句話，芷冰便喜歡上這個地方，很想留下來到處遊玩。

「你來得真合時。」白公子從廚房捧出一碟深啡色波波，説：「我做了炸香草芝士球，你試試看。」

芷冰把一個香草球放入嘴巴，咀嚼了幾

歡迎來到魔法世界

24

下，皺起眉頭說：「**超級難吃！**」

「怎麼可能？」白公子也試吃一個，微妙的表情告訴大家，他在吐出來和吞下去之間掙扎。

芭妮望着空空的熱食櫃和甜品櫃，深深地歎氣：「自從廚師辭職後，大家都嫌我們做的小食太難吃，不再來店裏買東西。招牌人氣美食是便利店的靈魂，沒有專業廚師果然不行喔。」

「為什麼不用氣炸鍋？家裏自從有了氣炸鍋，媽媽變了『廚神』，餸菜好吃得多了。」芷冰說。

「你媽媽懂得製造『氣體炸彈鍋爐』，實在太厲害了！」白公子由衷地佩服。

「炸彈？不不不，氣炸鍋是煮食用具。」

白公子摸着下巴，重複念着「**氣體炸彈鍋爐**」，完全無視芷冰的解釋。

芷冰經常去便利店買燒賣和魚蛋，如果沒有美味的熟食，她可能只會進去吹冷氣。她參觀魔兔店，零食、調味料、文具、藥物……貨品應有盡有，全是沒見過的包裝和品牌。

店子後面有兩道門，分別通往員工休息室和洗手間。店裏的牆壁都貼上宣傳海報，只有休息室旁邊的牆壁乾淨潔白，給人格格不入的感覺。

魔法世界不可思議，難道牆後有密室？

芷冰正想伸手摸牆壁，芭妮拉着她的手說：「反正沒有客人，我們帶你出去外面看看吧！」

「好啊！」芷冰轉念一想，問：「你們不用看店嗎？」

「還有不動大師，他是店長，**伊索魔法兔**，萬一出事就由他負責。」芭妮俏皮

地眨單眼。

　　睡到打呼嚕的兔子竟然是店長，看起來非常不可靠。

　◗　★　◖　★　◗　★　◗　★　◗

　　再次走到街上，芷冰才發現魔兔店的外型是一個巨型兔子頭。街道兩旁都有商店，店前的花槽種了顏色鮮豔的花，花槽附近有長椅讓市民休息。

　　這裏是月落之國的彩虹鎮，房子的高度只有一、兩層。在火車站前，有個**巨型貓頭**醒目吸引，就是貓大王便利店，店外排着長長的人龍。

　　「全國最受歡迎便利店」榜首位置，向來是魔兔店和貓王店之爭。可惜，現在的魔兔店人氣大跌，已經掉出排行榜。

　　每個從貓王店出來的顧客都拿着貓肉球泡芙🐾，芷冰最喜歡吃泡芙，忍不住嚥一下口水。

「這是貓王店的招牌甜品，你難得來到，我請你吃。」芭妮說。

「你們是 **競爭對手**，不用變裝才進去嗎？」

「只有兩個店長互相競爭，店員都是好朋友喔。」芷冰回望魔兔店，不動大師熟睡的

樣子再次浮現，看不出他有任
何競爭之心。

　　白公子摸着下巴，一直**抬
頭凝望着貓王店屋頂**，
一副若有所思的模樣。「**奇
怪，奇怪，真奇怪！**」

「奇怪什麼？」芷冰問。

「 就是不知道哪裏奇怪，才是最奇怪！」

芷冰流下冷汗，白公子的思路跳脫獨特，難以跟他溝通。芭妮在門前招手，芷冰留下沉思的白公子，跟着進入貓王店……

喵 喵喵 喵大王 泡芙串燒波波糖
喵 喵喵 喵大王 人氣美食由我創
喵 喵喵 喵大王 買買買買好瘋狂
喵 喵喵 喵大王 快快來貓王天堂

貓王店主題曲重複播放，旋律簡單，歌詞順口，芷冰逗留三分鐘便牢牢記住了。

「歡迎光臨！」貓店員熱情地打招呼，

送上新推出的蛋糕給芷冰試吃，**熱鬧的氣氛跟魔兔店截然不同。**

　　兩間便利店有獨家發售的商品，也有由供應商提供的大眾化貨品。

　　芭妮買了三個貓肉球泡芙🐾，分給小雲和芷冰。貓肉球泡芙🐾造型可愛，芷冰一口咬下去，酥皮包着香甜軟滑的雜莓忌廉，幸福的美味令眼睛嘴角都在笑。

　　「太好吃了！雜莓的味道很特別啊！」

　　「這是我們的獨家秘方，混合了幾種罕有的莓果，酥皮也有特別配方。」貓店員笑瞇瞇地說。

　　「你們也做獨家甜品和小食啦。」

　　「**只要有新廚師**，我們一定會做出好吃幾千倍的甜品。」芭妮握着拳頭說。

哇呀——！

外面響起一聲尖叫，芷冰、芭妮和貓店員飛奔出去看個究竟。

「喵……喵……喵……」

貓大王跌坐在地上，指着屋頂的手抖個不停，震驚得只會喵喵叫。

第③章
出發去鬼火山

貓店員向上望，大驚失色：「**風向魚不見了！**」

白公子雙眼閃出亮光，撥一下頭髮，自信滿滿地說：「我就知道屋頂少了風向魚。」他說出所有人都知道的事實，還在沾沾自喜。

「那個什麼魚很重要嗎？」芷冰問。

「風向魚是貓大王的寶貝，向來不准我們亂碰。」貓店員一號說。

「我聽客人說，今天早上見到**米克飛向鬼火山**，雙腳抓着一件東西。現在想起來，可能是風向魚。」貓店員二號說。

貓大王火冒三丈，激動得彈起身，漲紅了臉，大罵：「上星期，米克撞壞了屋頂的貓耳朵，被我教訓了一頓。他一定懷恨在

心，這次來偷走我的風向魚。」

　　貓大王認定犯人就是米克，氣沖沖地大步奔向……魔兔便利店！

　　還在椅子上睡覺的不動大師聞到貓的氣味，耳朵動一動，半張開眼睛，瞄向不速之客。

　　「喂，大懶兔，去鬼火山找風向魚回來！」

　　「臭臭貓真是沒禮貌，只會呼呼喝喝，難怪風向魚受不了你，離家出走。」不動大師的語氣懶洋洋的，他伸了個懶腰，不情不願地站起來。

　　「米克要向我報仇，有人見到他偷走風向魚。他又粗暴又兇神惡煞，一看他的外表，就知道他是壞蛋。」

　　「你自己去找，不要煩我，我很忙。」

　　「忙什麼？你明明一直在睡覺。你反正沒事做，而且……而且……」貓大王撇一撇嘴：「我不想去鬼火山。」

「你是不想去，還是不敢去？」不動大師湊近貓大王，不懷好意地笑。

「你見死不救，風向魚有什麼不測，**你要負全部責任！**」貓大王提高聲浪，掩飾內心的膽怯。

「風向魚在天之靈，一定知道誰是誰非，我、不、去！」

芷冰看得傻眼，兩個店長算是大人吧，為什麼比班裏的男同學更加幼稚？

「用老方法解決啦！」貓大王向後彈開，快速地說：「**泡芙串燒波波糖。**」兩個店長同時出拳，不動大師是握緊的拳頭，貓大

王是張開的手掌。

「嘩哈哈！我贏了！」貓大王高興得原地轉圈。

「我只是一時失策。」不動大師撇起嘴說。

看到猜拳的結果，白公子和芭妮除下圍裙，整理儀容，準備出動。芷冰一臉疑惑，芭妮解釋：「魔兔店除了是一家便利店，還會接受客人的委託辦事，收費多少視乎事件的複雜性。你要跟我們出動嗎？」

「有鬼的火山很恐怖，聽說米克很兇惡，我怕……」

「是有鬼火的山，不會火山爆發，而且米克只是一隻頑皮的小鳥。」不動大師說：「你不去就留下來看店。」

「我去！」芷冰馬上改變主意。

不動大師打開《伊索寓言》，翻到〈螞蟻和蟋蟀〉，念起魔法咒語：「螞蟻朋

友，出來曬太陽啦！」他向着書頁吹一口氣，一隊螞蟻浩浩蕩蕩地從書裏走出來。

「真厲害！」芷冰首次目睹真正的魔法。

「又要我們看店嗎？最近很少客人，我們不習慣太清閒呢！」螞蟻隊長説。

「清潔也好，收拾也好，自己找事做，回來後給你們吃高級餅乾。」不動大師説。

「人類的女孩，你選了什麼？」螞蟻隊長問。

「我要選什麼？」芷冰反問。

「我差點忘了，你在店裏選一件貨品，什麼東西都可以。」不動大師説。

剛才參觀魔兔店，芷冰已經看中一包兩塊的兔子圖案藥水膠布，她想也不想便拿起來，問：「這個可以嗎？」

「沒問題。」

無論買什麼東西，芷冰都習慣買兩件。兩塊藥水膠布，一塊給自己，一塊給雪婷。一想起雪婷，芷冰的胸口一緊，臉色沉了下來。只是一瞬間的表情變化，魔法兔們全都看在眼裏，猜到芷冰有心事。

　　貓大王把汽車開到魔兔店前，按兩下方向盤的喇叭。

　　魔法兔和芷冰走出店子，看到一隻**戴甜筒頭飾的道奇兔**，正在看招聘廚師的海報。

　　「我叫**芝絲露**，是食物魔法兔，請問是不是招聘廚師？」

　　白公子和芭妮一聽到廚師，眼睛立刻綻放星光，熱情地拉着芝絲露的左手和右手。

　　「**芝士兔**，你終於來啦，我們等你很久了。」白公子説。

　　「不，我叫芝絲露，我只是剛好路過，

沒有預約。」

「終於有女廚師啦！芝士兔，我們要做好朋友、好同事喔！」芭妮說。

「不，我叫芝絲露，我⋯⋯」

「我才是店長，錄不錄用芝士兔由我決定。」不動大師說。

「不，我叫⋯⋯算了吧⋯⋯」芝絲露沒好氣再糾正了。

「你跟我們來，成功過三關的話，你就可以加入魔兔店。」

🌙　⭐　🌙　⭐　🌙　⭐　🌙　⭐　🌙

於是，四兔一人坐上貓大王的汽車，向着鬼火山進發。米克住在山上的湖邊，每隔幾天便會飛到山下的彩虹鎮遊玩。從遠處看，山腰被翠綠樹木環抱，山頂被雲霧籠罩，不禁令人聯想有什麼藏在「白帽子」裏。

貓大王把汽車停泊在山腳，讓大家下車。

「你不跟我們上山玩玩嗎？」不動大師挨在窗邊問。

「玩什麼？我還要看店。」貓大王抬頭望一眼鬼火山，頓時感到全身發冷，「咻」的開走車子，轉眼化成一個小黑點。

芷冰環視四周，一個遊人也沒有。從山腳向上望，茂密的大樹遮擋陽光，濃霧完全遮蔽山頂，瀰漫着神秘的恐怖氣氛。

「為什麼不坐飛天掃把？或者念咒語直接到山上的湖邊？」芷冰問。

「我不會這種魔法，你們會嗎？」不動大師問。

芝絲露、白公子和芭妮一起搖頭。

「魔法也不是萬能嘛。」不動大師聳聳肩。

「怎會這樣？」芷冰沒辦法，只好硬着頭皮上山。

不動大師擔任領隊，走在最前面。芝絲露的臉上堆滿問號，追上去問：「**過三關**是什麼？尋找罕有食材嗎？在戶外就地取材，考驗烹飪技巧嗎？抑或有隱世廚師住在山上，你要我跟對方比賽？」

「過三關只是一個統稱，沒必要想得太複雜。」

這時芝絲露望向天空，在腦內拉起舞台布幕——

【**芝士兔瘋狂幻想劇場**】

小鳥米克住在山上的城堡，真正身分是大盜和美食家。他除了喜歡收集各地有趣的玩意，還鍾情於品嚐美食。

「吱吱吱，你想取回風向魚，就用天下第一美食來交換啦！」

米克拍拍翅膀，語氣囂張。

「絕招：紅蘿蔔千層漢堡包！」

芝士兔擲出親手製作的漢堡包，塞入米克的嘴巴裏。

　　米克全身發光，大叫：「吱吱吱，太好吃啦！」

「哈哈哈！知道我的厲害吧！」

芝士兔大獲全勝，成功取回風向魚，從此成為彩虹鎮的大英雄。

沒錯，一定是這樣。芝絲露頓時感覺自己責任重大，邊走邊幻想，越走越慢，直至一團柔和的光芒躍入眼中，她才回過神來。

樹下長出許多圓滾滾發光的花，好像一個個小燈泡。

「好可愛！我家附近沒有這種會發光的花。」芝絲露説。

「我也是第一次見到，這裏的花很特別。」芷冰説。

兩個女孩蹲下來，伸出手指輕力戳小燈泡花，軟軟的、彈彈的。突然，小燈泡花打開花瓣，含住她們的手指。

「嘻嘻，好癢！」

小燈泡花不停舔指頭，還發出咕嚕咕

嚕的聲音，逗得兩個女孩嘻嘻笑。

　　走在前面的魔法兔聽到笑聲，回頭一望，當場變了臉色。

　　「你們不要動。」芭妮緊張地説。

　　「你説什麼？」

　　芷冰和芝絲露聽不清楚，同時站起來，沒想到小燈泡花竟然連根拔出，而且整朵花不知為何變大了。

　　兩個女孩嚇了一跳，使勁摔開含着手指的小燈泡花。小燈泡花被摔在地上，**發狂似的撲向她們**。

　　「快逃！小燈泡花現在很生氣！」白公子大喊。

　　小燈泡花生氣會有什麼後果？

　　芷冰和芝絲露帶着滿腔疑問，跟着大家慌忙逃命……

第④章
甜筒魔法杯

「為什麼會這樣？」芝絲露邊跑邊問。

「小燈泡花吸血後會變大，要等到他們吸飽血打嗝，才可以安全拔出手指。」白公子説。

「吸血花？」

「他們只會吸少量血，就像蚊子一樣。不過，一旦吸血中途被搔擾，他們便會大發脾氣，這時被咬到就會流血不止。」

小燈泡花跑得很快，眼看快要追上來，魔法兔們變成兔子，用四肢全速奔跑。

「等等！不要留下我啊！」

芝冰不擅長運動，跑得很慢，不可能追上速度快的兔子。

芝絲露聽到芝冰叫喊，趕快折返，變回

人形後，摘下甜筒頭飾，打開雪糕球，倒出一顆「**兔子便便**」。

「快吃！」

「我不吃便便！」芷冰一口拒絕。

「雖然外表不好看，但它又香又甜。相信我，沒事的。」

「不不不！哪有便便又香又甜？」

眼見小燈泡花快要追到，情況危急，芝絲露指着天空喊：「飛天烏龜呀！」

「在哪裏？」趁着芷冰張開口，芝絲露把「兔子便便」塞入她口中。芷冰冷不防吞下去，喉嚨滑過又香又甜的味道，「噗」的一聲，**芷冰變成了一隻兔子**！

芝絲露也變回兔子，領着芷冰逃跑，追上前面的魔法兔。

小燈泡花毅力驚人，跑了這麼久仍不放棄。總不能一直逃跑，芝絲露問：「白公

子，吸血花有沒有天敵？」

「對啊，**我是植物魔法兔**。」白公子如夢初醒，停下來變回人形。他華麗地轉一個圈，按着藤蔓胸針，向左邊射出一道光。他向着光線伸出雙手，說：「**來到我身邊吧，蚊香花！**」

下一秒鐘，一朵朵**螺旋形狀的花**列隊出場，一看到小燈泡花，便吹出大量花粉，一股芬芳的氣味飄散開來。

小燈泡花聞到花粉的氣味，露出厭惡的表情，一溜煙跑掉了。原來蚊香花的香氣，對小燈泡花來說是惡臭呢！

小燈泡花一走，「噗」的一聲，芷冰變回人類坐在地上。她撫摸自己的手腳，不敢相信剛才曾經變成兔子。

「幸好及時趕上，魔法藥丸的**法力只有三分鐘**。」芝絲露捏一把冷汗。

「那可以再吃一顆嗎？」芷冰問。

「五分鐘後才可以吃第二顆，我只是**初級魔法兔**，法力很普通。」

「你們是不是在魔法學校讀書，參加魔法考試後，才可以升級？」

「月落之國沒有魔法學校，我們和其他動物一起讀書。」

「我們天生是魔法兔，不用考試升級喔。」芭妮補充說：「我們自然會知道自己的法力程度，**我和白公子是中級，不動大師是高級**。芝士兔，你的魔法藥丸都放在甜筒裏嗎？」

「是的。」芝絲露摘下甜筒頭飾，甜筒自動變大。她打開雪糕球後，大家圍成一圈，看到一顆顆深色藥丸，不禁皺起眉頭。

「無論形狀、大小和顏色，都像兔子便便。」白公子說。

「我們好像在看着馬桶。」不動大師說。

「顏色鮮豔一些，造型可愛一些，會更有吸引力喔。」芭妮說。

「藥丸不可以貌相，**我是實力派食物魔法兔**。」芝絲露為自己打圓場，蓋起雪糕球，把縮小了的甜筒放回頭上。

聽着魔法兔們的對話，一幕幕回憶飄過芷冰的腦海——

去年，在四年級的校慶日，校長邀請了一位陶藝家到學校，示範製作陶器。他的作品全部以動物做主題，既可愛又漂亮，吸引很多同學圍觀，包括芷冰和雪婷。

當陶藝家完成示範後，讓同學們嘗試搓陶土，並在半製成品上彩繪花紋。

「我是實力派陶藝家。」芷冰說。

「我看不出你想搓什麼，應該是抽象派才對。」雪婷說。

芷冰和雪婷對陶藝深深着迷，當學校的課外活動開設陶藝班，她們想也不想便報名參加。

　　在陶藝班裏，雪婷和思薇的天分最高，作品做得最好看，**同學們經常拿兩人的作品比較**。雪婷也稱讚過思薇的作品，她努力練習，希望自己的技巧不斷進步。是的，在比賽中，兩人是競爭對手，但雪婷**從沒說過思薇的壞話**，也從沒表示過嫉妒對方。

　　全心享受着做陶瓷樂趣的人，會親手破壞別人的心血嗎？

　　「你怎麼了？」芭妮問。

　　「沒事。」芷冰輕輕搖頭，有些心事，想說也不知從何說起。

　　☽　★　☽　★　☽　★　☽　★　☽

　　鳥聲啾啾唧唧，乘着風的翅膀，傳遍整

座山頭。不動大師再次走在最前面，繼續登山的旅程。

走了幾步，一股寒氣從後面撲上來，芝絲露猛然回頭望，眼前除了花草樹木石頭，沒有任何奇怪的東西。

「你看什麼？」芷冰問。

「我覺得有人監視着我們。」

「真的嗎？**難道有妖怪？**你不要嚇我。」芷冰戰戰兢兢地向後望，同樣沒有發現。

「可能是錯覺吧！」

芷冰怕得要命，芝絲露牽着她的手，肩並肩往前走。

這時，三團鬼火在樹木間現身，他們飄浮在半空中，不動聲息地跟在魔法兔後面。

沿路上，芷冰發現很多奇異的植物，也有在人類世界見過的花草。當中最吸引她的是一種星形小花，在風中搖曳時，猶如彩色

星星在跳舞。

「街道和山上都有很多星星小花。」芷冰說。

「這是星雨花，是月落之國的國花，我家附近也有很多。」芝絲露說。

「星雨花，名字很好聽，有沒有特別的意思？」

「傳說在很久很久以前，月落之國曾經發生大旱災，動物沒有足夠的水和食物，生活十分艱苦。哭聲和哀求聲傳到天上，月神的兒子心疼地上的動物，於是將全身的血液和水分化作淚水，淚水化作星星，星星化作雨水，灑落在大地上，開出一朵朵星雨花。最後，月神的兒子流盡所有淚水，犧牲了自己的生命。」

這個關於拯救和犧牲的傳說，哀傷而美麗。假如月神的兒子看到今天的月落之國，

他會發出會心微笑嗎？

「難怪月落之國的名字那麼悲傷。」芷冰說。

「**凡事都有兩面，表面和背面是相反，也是延續。**」不動大師說。

「這個傳說，我只知道一個版本，你們有沒有聽過其他版本？」

芝絲露轉身問白公子和芭妮，但他們竟然不在後面。與此同時，濃霧籠罩着整座山頭，鳥聲和風聲戛然而止，四周落入不尋常的寂靜之中。

「白公子和芭妮的氣味都消失了，到底發生什麼事？」芝絲露深感不安。

「我們闖入了鬼火山的結界。」不動大師說。

「結界是什麼？」芷冰問。

「走不出結界的話，我們便會永遠被困在山上。」

第⑤章
鬼火的真面目

　　山上的濃霧越來越多，視野越來越模糊，快要連自己的手腳都看不見。白公子和芭妮背靠背站在濃霧中，以免跟對方失散。

　　同伴的氣味完全消失了，白公子大聲喊：「不動大師、芝士兔、芷冰，你們在哪裏？」可是，聲音被濃霧吸收，根本傳不開去。

　　這是**用魔法佈下的結界**，只有施魔法者能夠來去自如，連植物都變得安靜，不敢亂動。

　　「我討厭魔法。」芭妮皺起鼻子說。

　　「芭……芭芭……妮……」小雲聲音顫抖，說不出完整的話。芭妮抬頭一望，濃霧居然化作三隻手臂，正想抓走小雲。

　　「不准欺負小雲！」芭妮使勁地起腳飛

踢，踢開纏着小雲的手臂。

接着，幾十團鬼火飄浮在半空中，包圍着白公子和芭妮，發出陣陣詭異的笑聲。

「鬼火終於現身了。」白公子說。

突然，氣溫急降，暴風雪從四面八方吹來。白公子和芭妮冷得全身發抖，瞇起眼睛，用手擋着臉。

過了一會，暴風雪改變方向，集中從三面吹過來，迫白公子和芭妮走到沒有風雪的方向。

「鬼火似乎想迫我們下山。」白公子說。

「我們才不會輕易就範。」芭妮左手插腰，右手指着天空，說：「小雲，給鬼火見識氣象魔法兔的厲害吧！」

「我準備好了！」

芭妮從左至右畫出一道弧線，邊畫邊說：

「一開始就來強颱風？」白公子十分錯愕。

小雲變成強颱風，吹向暴風雪，白公子和芭妮背靠背站在風眼中。

兩股風暴展開對戰，鬼火的魔法絕不簡單，暴風雪不但沒有退去，反而變得更強大了。小雲陷入苦戰，芭妮舉起右手喊：「超強颱風！」

風速一下子增強，暴風雪抵擋不住，節節敗退，最終全部消散。氣溫回復溫暖，小雲也回復原狀。

暴風雪計劃失敗了，鬼火不甘心，**吹來大量針草**，像一支支飛鏢，射向白公子和芭妮。

「嘿，輪到我出場了。」

白公子按着藤蔓胸針，說：「**來到我身邊吧，芭蕉葉！**」下一秒鐘，四塊芭蕉葉從天而降，像一把把巨型扇子，搧走所有

針草。

針草計劃又失敗了，鬼火於是吹來大量沙石，同樣只留下一條通道，**逼魔法兔們下山**。

「夠了，我們不是敵人啊！」芭妮越來越生氣，舉起右手喊：「**龍捲風！**」

白公子不敢遲疑，按着藤蔓胸針說：「來到我身邊吧，藤蔓！」

小雲變成龍捲風的同時，白公子招來藤蔓纏着自己和芭妮的身體，保護他們不被龍捲風吹走。

然而，龍捲風的威力強大，不單捲走大量沙石，連綁着身體的藤蔓也開始鬆脫。白公子和芭妮**站立不住**，雙腳逐漸離開地面……

☽ ★ ☽ ★ ☽ ★ ☽ ★ ☽

另一邊廂，不動大師、芝絲露和芷冰在

鬼火的真面目

60

濃霧中前進，不知不覺走上一道吊橋。吊橋由繩索和木板組成，每走一步都發出「吱吱」聲響。

「我聽到下面有水聲。」芷冰扶着繩索往下望，看不到地面，不知道這裏的高度。

「我們站得很高，下面是河流，水流應該很急。」芝絲露説。

走到吊橋中央，吊橋突然扭曲變形，變成一道滑梯，直插入河裏。大家趕緊抓住繩索，**在半空中盪來盪去**。

許多鬼火在吊橋上面現身，還發出詭異的笑聲。

「**真的有鬼火！**」芷冰難以置信。

「這條河流的盡頭是瀑布，鬼火想迫我們下山。」不動大師説。

上面有鬼火，下面有急流，怎樣做才能逃出困境？

芝絲露的腦筋轉了又轉，摘下甜筒頭飾說：「我們跳下去吧！我有**變成潛水艇的魔法藥丸**，你們可以躲在我的身體裏。相信我，沒事的。」

真是好主意！大家倒數三聲，一起往下跳。芝絲露在空中吞下一顆魔法藥丸，「噗」的一聲，變成⋯⋯放在浴缸的**黃色橡皮鴨**！

不動大師和芷冰看得傻眼，直掉入浴缸小鴨的身體裏，鴨背的門關上後，在湍急的河流上漂浮。

「這裏很窄。」芷冰縮成一團，動彈不得。

「你是不是吃錯魔法藥丸？」不動大師的臉緊緊貼着鴨肚。

「不是呀！」

「這隻浴缸小鴨**很明顯不是潛水艇**。」

「有空間載人，不會進水，都是一樣啦！」

「『潛』和『浮』是完全相反的啊！」芷冰很想送一本相反詞作業給芝絲露。

浴缸小鴨左搖右擺，盪高盪低，不動大師和芷冰**彷彿坐在過山車上**，感到頭暈眼花。

前面就是瀑布，魔法藥丸也快要失效，浴缸小鴨從比較薄霧的地方，隱約看到在左前方的岩壁上，有一塊平地。

「鬼火想我們被瀑布沖走，我們就照着做吧！」

浴缸小鴨用力搖尾巴，好像發動引擎似的。當來到河的盡頭，浴缸小鴨**奮力一躍**，全速飛向岩壁上的平地。

「咚咚咚！」浴缸小鴨安全着地，魔法同時失效，芝絲露回復原狀。

總算安全脫險了，芝絲露和芷冰仍然心跳混亂，手腳發軟。

濃霧結界令大家失去方向感，就連不動大師也不清楚身在何方。附近有一個山洞，他們先在洞裏休息。

縱使芝絲露沒有變成潛水艇，但是浴缸小鴨也隱藏了氣息，鬼火暫時找不到他們。

芷冰繃緊的心情一放鬆，眼眶便湧出淚水。她坐在地上，抽抽噎噎地說：「**好可怕！我不想再上山**，嗚嗚……」

「我會陪着你，相信我，沒事的。」**芝絲露安慰她**。

「你害怕的話，可以一個人留在這裏等我們。」不動大師說得輕鬆。

「不不不，不要留下我，嗚嗚……」

「**有沒有解除結界的魔法藥丸呢？**」芝絲露打開甜筒魔法杯，想找出合適的藥丸。每顆藥丸都有不同法力，**可是沒有一顆合用**。

「不動大師……」

芝絲露和芷冰眨着水汪汪的眼睛，凝視着不動大師，一副無家可歸小狗的模樣。

「真是拿你們沒辦法。」

結界是鬼火佈下的，必須由他們解除。鬼火對外來人有戒心，一直在遠處監視，不會現身跟他們談判，想近距離接觸他們，便要運用另類策略。

不動大師打開**《伊索寓言》**，翻到〈自私的野貓〉，念起魔法咒語：「野貓朋友，出來吃大餐啦！」他向着書頁吹一口氣，一隻野貓蹦蹦跳跳地從書裏走出來。

「你叫我出來做什麼？」

「當然是做你最擅長的事——散播謠言。」

「你要我說什麼？」

「聽說我們三個在山洞死了。」

「那很簡單，放心交給我吧！」

野貓拍拍胸口，轉眼消失在濃霧之中。

鬼火只是想趕走入侵者，**無意傷害他人**。如果知道有人因他們而死，一定會來山洞看個究竟。

「為什麼叫野貓出動？」芷冰問。

「我們出去會被發現。這是在非常時期使用的方法，造謠者往往自食其果，好孩子不要模仿。」

「知道啦，我也看過《伊索寓言》故事。」

不動大師打了個呵欠，懶洋洋地躺在地上。

「你又睡覺嗎？」芷冰問。

「我的兔生座右銘是『不消耗無謂的體力』。」

這個只是懶惰的藉口吧？其實，芷冰也累了，她背靠牆壁，挨在芝絲露的肩膀上。

微風輕撫葉子，彈奏出活潑的樂曲，芝

絲露隨着大自然的音樂，唱出一首旋律輕快
的歌：

清晨唱唱歌　麻雀不會為明天憂慮
　　夜晚唱唱歌　知更鳥不會生氣到日落
每天聲連聲　唱走煩悶與憂愁
　　大家心連心　唱出讚美和希望

「真好聽！這是什麼歌？」芷冰問。

「**大人小孩都會唱的童謠**，但沒
有歌名，也不知道是誰作曲填詞。」

「世上任何一首歌都比『臭臭貓促銷歌』
好聽，『喵喵喵』的煩死人。」不動大師從
左邊翻到右邊，他原來還沒睡着。

芝絲露和芷冰相視一笑，貓大王要是在
這裏，他們肯定又會吵起來。

「芝士兔，你幾歲？」芷冰問。

「十二歲。」

「比我大兩歲。在人類世界，兔子十二歲等於人類九十八歲，在月落之國也是這樣換算嗎？」

「當然不是，十二歲就是十二歲，**怎樣看我也不是老婆婆！**」芝絲露搖着手說：「我不清楚月落之國和人類世界的關係。不動大師，你知道嗎？」

不動大師沒有反應，是裝睡不想回答，還是真的睡着了？

「會想到用謠言引鬼火出來對談，不動大師**的確很厲害**。」芝絲露分析說：「如果鬼火相信謠言，就會來收拾殘局。如果他們有懷疑，就會來查明真相。如果他們不相信，就不會過來。成功機會是三分二呢！」

「我覺得**謠言很麻煩**，各有說法，又似乎各有道理。最近，很多人說我好朋友的

壞話，我不知道哪些是真哪些是假。」

「有句話叫『**謠言止於智者**』，意思是聰明人能明辨是非，不會輕易相信沒有根據的傳聞。不過，我覺得這句話只適用於客觀的分析，如果是好朋友，就應該是『**謠言止於信者**』。只要信任你的好朋友，就不會被謠言影響，而信任建基於了解對方。」

「信任建基於了解對方……」芷冰歪着頭，思考着這句話。

「你剛才為什麼想也不想就從吊橋跳下去？」

「因為你説會變做潛水艇接住我們。」

「你怎麼知道我會成功變身？」

「因為我吃過你的魔法藥丸，真的變身成為兔子，而且味道又香又甜，所以你説會變做潛水艇，**我完全沒有懷疑過**。」

「我變成潛水艇後，可能會自己逃走。」

「我害怕時，你牽着我的手；我差點被小燈泡花追到，你回來接我。你一定不會丟下我，自己逃走。」

「**這就是信任，我們有共同經歷，從相處中了解彼此的性格。**」

話音剛落，回憶前來探訪，帶芷冰回到去年學校運動會——

運動會其中一個項目是拔河，每班派出十位同學參加，芷冰和雪婷都有報名。到了正式比賽，對手班級有一名同學受傷退出，只有九名同學出席。

老師沒有意見，打算繼續進行比賽，雪婷卻指出我方也要減少一個人，比賽才公平。當時，大家都想參加比賽，雪婷於是自行退出。如此**重視公平比賽的人**，絕對不會為了勝利而做出卑鄙的行為。

芷冰和芝絲露才認識不久，就建立起互相信任的關係。她和雪婷從小認識，卻被謠言動搖，真的太差勁了！

芷冰暗自決定，相信雪婷，**不會再受到謠言影響**。

「喵！」野貓回到山洞，説：「任務完成，但我走不出結界，去不了太遠的地方。」

「這樣已經足夠了，謝謝！」

不動大師打開《伊索寓言》的〈自私的野貓〉，野貓説聲「再見」便走入書裏去。

「時間差不多了，輪到我們出場。」不動大師笑着説。

「我們需要做什麼？」芝絲露問。

「**當然是裝死**。」

三人躺在地上，不動大師和芝絲露自動隱藏氣息，芷冰則面向牆壁，緊閉眼睛，用

手摀住口鼻。

沒多久，三團鬼火悄悄飄入山洞，再飄到不動大師身邊。

「扮鬼火很好玩嗎？」

不動大師**突然向三團鬼火吹一口氣**，火焰馬上熄滅，露出本來的真面目。

「**好可愛！**」芝絲露和芷冰的眼睛發出閃閃的愛心光芒。

鬼火的真身原來是**橡子精靈**，他們沒有手腳，只有一雙大眼睛。他們不會發出聲音，同伴之間靠心靈感應溝通。橡子精靈數目眾多，每當有外來人登山，便會扮成鬼火嚇退入侵者，是鬼火山的守護精靈。

在彩虹鎮，只有魔兔店員工知道鬼火的真面目，居民都以為鬼火真實存在，不敢胡亂登山。橡子精靈全心守護家園，魔法兔們也樂於**為他們保守秘密**。

然而，魔法兔始終是外來人，橡子精靈的警覺心太強，才會運用各種魔法迫他們下山。如今上當了，橡子精靈想逃走，卻被不動大師捉住。

　　「用謠言引你們出現，對不起！我們有事找米克，我保證不會破壞山上的東西，也不會傷害任何人，解除結界吧！」

　　橡子精靈交換眼色，商量了一會後，濃霧全部散去，**視野回復清晰**。

　　「我聞到白公子和芭妮的氣味了，他們現在在一起，但是……」芝絲露收起笑容，神色凝重：「他們的**氣息很薄弱**。」

　　不動大師沉着臉說：「他們有危險！」

第⑥章
陰森森的隧道

穿過高聳入雲的樹木，踏過凹凸不平的泥地，不動大師向着山上奔跑，芝絲露和芷冰緊隨在後。跑着跑着，他們隱約聽到⋯⋯

「救命啊！」

他們加快腳步，跑到一棵翠綠的大樹下，白公子和芭妮倒掛在樹上，**手腳被藤蔓捆綁着**。

「你們是不是扮蝙蝠？」不動大師跟他們開玩笑。

「一點也不好笑。」芭妮説。

「救我們下來再説吧！」白公子説。

「你可以叫藤蔓鬆開呀！」

「出了小小問題，他們被風吹到暈乎乎，現在也自身難保。」

「是風嗎？啊，呼風喚雨很有趣呢！」
不動大師望着芭妮奸笑。

「對不起！」芭妮撅起嘴，別過臉說：
「我討厭魔法。」

「你們剛才做過什麼？」芷冰無法想像
他們的遭遇。

「不說了，一言難盡。」白公子說。

芭妮外表嬌小柔弱，一旦生氣卻變得非
常強悍，往往過度使用魔法力量，引起不可
收拾的局面，甚至把自己陷於困境。

不動大師和芝絲露爬到樹上，解開糾纏
的藤蔓後，白公子和芭妮跳到地上，終於脫
險了。

「我們接下來應該怎麼走？」芝絲露問。

不動大師環視四周，咧嘴一笑：「向東面
走，快到了。」

走了沒多久，一條隧道出現在眼前，隧

道裏面漆黑一片，還吹出陣陣冷風，氣氛陰森詭異。

「我不知道山上還有隧道喔。」芭妮說。

「以前可能有植物或大石遮住入口，才會察覺不到。」白公子摸着下巴說。

「我們真的要進去嗎？走山路不可以嗎？」芷冰覺得有點恐怖，心跳加速。

「沒有人會貪玩挖隧道，一定是有需要才挖掘。你們想不想看看隧道的出口在什麼地方？」不動大師說。

「我想！」芝絲露舉起手說。

「好，出發！」不動大師率先踏出腳步。

「你說了一大堆道理，只是不想走山路，消耗無謂的體力。」芷冰扁起嘴說。

「我們一起走吧！」芝絲露牽着芷

冰的手。

入口的冷風不是心理作用，隧道裏面的溫度的確比外面低，還滲透着潮濕的氣味。

走着走着，許多彩色肥皂泡在半空中飄浮，彷彿夜晚的螢火蟲，為陰森森的環境增添夢幻的色彩。

「好漂亮！」芝絲露説。

「我很喜歡吹肥皂泡。」芷冰説。

肥皂泡天生有一股吸引力，讓人見到就想刺破它。芝絲露和芷冰同時伸出手指，「噗噗噗」的連續刺破十幾個肥皂泡。

爆破的肥皂泡化成液體，滴落在兩人的臉上和身上，然後⋯⋯

「嗚嗚⋯⋯嗚嗚嗚⋯⋯」

芝絲露和芷冰淚流不止，哭得很凄涼。

「為⋯⋯嗚嗚⋯⋯什麼⋯⋯嗚⋯⋯」芝絲露邊哭邊問。

魔法兔們回過頭來，忍不住「噗哧」笑出聲。「你們真是**闖禍拍檔**呢！」不動大師取笑她們。

「這是**洋蔥泡泡**，住在山洞或隧道裏面，刺破它們便會流淚喔。你們哭成這樣，刺破了很多泡泡嗎？呵呵呵！」芭妮笑出淚光。

「闖禍拍檔」流着淚點頭，説不出話。

「洋蔥泡泡無毒無害，過一會便沒事，哈哈哈！」白公子捧着肚子大笑。

芝絲露和芷冰哭得面容扭曲，在心裏控訴：我們哭個不停，你們就笑個不停，一點同情心都沒有，實在太過分了！

綜合兩次慘痛的教訓，她們以後會記住——**山上的生物越可愛越不能碰**！

再往前走，有許多直柱型仙人掌擋住去路，放射狀的刺又大又長。幸好仙人掌之間有空隙，可以讓人側身走過去。

芝絲露和芷冰抬頭望，又是「嘩」，又是「嗚」，驚歎不知要多少年，仙人掌才會長得這麼高大。

　　「有洋蔥泡泡的地方，就有仙人掌，真麻煩！」不動大師說。

　　「嗚……仙人掌……嗚嗚……沒有陽光也能生長嗎？」芷冰問。

　　「同樣是仙人掌，在月落之國和人類世界，生長條件可能不一樣。」白公子掃視面前的仙人掌，眼神變得凝重，「我們還是快點走過去吧！」

　　「那就由你帶路啦！」不動大師退到後面。

　　直柱型仙人掌理應垂直生長，偶爾也有長得歪歪斜斜，甚至向橫生長，他們要在仙人掌下面爬過去。

　　「好痛！嗚嗚……」芷冰被仙人掌刺扎到。

　　「哎呀！哎呀！嗚嗚嗚……」芝絲露也

被扎到了。

眼淚模糊了視線，「闖禍拍檔」忙着擦淚水，經常不小心碰到尖刺。

忽然間，隧道裏響起「嘰嘰……砰」的怪聲，白公子「噓」了一聲，**大家停下腳步，安靜地聆聽。**

從入口開始，有年老枯黃的仙人掌倒下來，推倒其他年老的仙人掌，並且陸續向着魔法兔的方向倒下來。

「不好了，快跑！」白公子喊。

「你叫仙人掌不要倒下來啦！」芭妮說。

「生命有始有終，我不能用魔法干涉。」

怎樣使用魔法，魔法兔各有原則，同伴就算不認同，也會互相尊重。

萬一被巨型仙人掌壓到，就算死不掉，也會受重傷。大家趕緊加快腳步，穿過狹窄

的縫隙。漆黑漸漸退去，前面有光線照進來，終於看到出口了。

　　大家興奮得高呼「太好了」，走得更快了，逃出仙人掌林後，三步併兩步奔向出口，沒想到……

　　出口竟然是懸崖，所有人一腳踏空，一直往下掉……

第⑦章
來推理解謎吧！

「嗚哇哇哇……」事出突然，大家都慌張失措，芷冰更嚇得緊閉眼睛，只有不動大師一貫氣定神閒。

魔法兔們正想使用魔法時，兩隻「大鳥」從遠處飛過來，在空中接住他們。

「米克，你總是不遲也不早，時間剛剛好。」不動大師笑着說。

「橡子精靈通知我，你們來了。」

咦？米克不是那隻頑皮的小鳥嗎？芷冰張開眼睛一看，失聲驚叫：「恐龍？」她震驚得左右搖晃，險些掉下去，幸好芝絲露拉住她。

「我們是小飛龍，他是我弟弟小卡。」米克糾正說。

「咿咿。」芭妮和白公子坐在另一隻小飛龍的背上，他沒有説話，**只是咿咿叫**。

山上的霧氣散去，小飛龍在空中盤旋，芝絲露和芷冰看到雄偉的山谷，陡峭的懸崖，廣闊的湖泊，碧綠色湖水好像一面鏡子，倒映着山峯藍天白雲，壯麗的美景讓人屏息。

誰也沒想到走過黑暗的隧道，經歷過重重困難後，竟會到達如詩如畫的美麗境地。芷冰摸摸眼睛，淚水已經止住了。

小飛龍兄弟在湖泊旁邊的草地降落，米克平穩着地，小卡卻**失了平衡**，在草地上滾了幾下才停下來。

芝絲露和芷冰站在草地上，才看清楚小飛龍兄弟的樣子，米克的臉兇神惡煞，小卡可愛乖巧。

「小卡，臭臭貓的風向魚不見了，你知

道在哪裏嗎？」不動大師問。

小卡移開視線，走到白公子和芭妮後面，**趴下來縮成一團**。

「以你這樣的體型，我們不可能遮住你。」白公子説。

小卡的反應太刻意了，等於承認自己是犯人。

「沒有得到物主的同意，拿走人家的東西是不對的喔。」芭妮輕撫着小卡，柔聲説。

「咦？不是米克偷走風向魚嗎？」芷冰弄不懂當下狀況。

「哼！我不是小偷，不要冤枉我。」米克的鼻孔用力地噴氣，芷冰幾乎被吹倒。

「不不不，不是我冤枉你，是貓大王説你偷走風向魚。」

「**米克絕對不會偷東西**。」白公子説。
「也不會向任何人報仇。」芭妮説。

聽到米克被冤枉，小卡趕快走入岩石堆中，取出風向魚，一枝指針折斷了。

「你為什麼偷走風向魚？」米克問。

小卡垂下頭，默不作聲。

一年前，小飛龍兄弟的媽媽生病去世，爸爸出門後再也沒有回來，**音訊全無**。

小卡的成長比其他小飛龍慢，很遲才學會走路、飛行和覓食。他聽得懂別人的話，自己卻不會說話，到底天生是啞巴，抑或還沒學會說話，沒有人知道。

成年的小飛龍通常會四處遊歷，米克卻一直住在山上的湖畔，大家都知道他想照顧弟弟，同時等待爸爸回來。

「你是不是想念媽媽？」米克問：「小時候，媽媽用樹葉和樹枝做風車給你玩，**風向魚轉動時，看起來像風車。**」

「咿。」小卡點點頭。

哥哥果然最了解弟弟的想法。小卡指着風向魚的指針，原來他只是想玩一玩，卻不

小心弄斷了一枝指針。他想自己嘗試維修，便把風向魚帶回家。

「這裏沒有維修工具，讓我帶回去好嗎？」不動大師問。

「咿。」小卡點點頭。

偷竊事件終於水落石出，米克的樣貌和態度容易被人誤會，發生任何壞事，矛頭都會先指向他。然而，無論貓大王怎樣大吵大鬧，貓店員怎樣言之鑿鑿，魔法兔都沒有懷疑過米克。他們上山是要解開誤會、解決問題。**信任建基於了解對方。**

🌙　⭐　🌙　⭐　🌙　⭐　🌙　⭐　🌙

芷冰覺得很慚愧，明明很了解雪婷，卻不肯相信她。現在，還可以補救嗎？芷冰不想失去重要的好朋友，更加不想對方受到傷害。

究竟是誰摔破思薇的作品？

「你們可不可以幫幫我？」

芷冰向魔法兔詳細說出事發的經過，以及當時目睹的情景。

　　「思薇無法參加比賽，誰會得到好處？」芝絲露問。

　　「如果是校內比賽，冠軍不是思薇，就是雪婷。但這是聯校比賽，我們都不知道其他學生的水準。」芷冰說。

　　「思薇在學校有沒有好朋友？」

　　「**她和女班長是好朋友**，經常在一起。呀，女班長是第一個來到案發現場的人。」

　　「事發當天，思薇來到視藝室時，她除了哭，還說過什麼？做過什麼？」芭妮問。

　　「她在現場只是不停地哭，沒有說話……」芷冰努力回想：「但我記得她走到我身邊時，好像拿着什麼，**快速塞入裙袋裏**……」她閉上眼睛，轉動着腦筋：「環保袋，是她常用的環保袋。」

「環保袋跟這件事有什麼關係呢？」芭妮眨了眨眼睛，輪到她想不通。

「事發之後，你有沒有再去視藝室？」芝絲露問。

「星期五，事發第二日的小息，我去圖書館時經過視藝室，看到思薇站在門外，握着門把想開門。她見到我，立刻放手，跟我說房門上鎖了。當時，有一位姨姨在樓梯口看到我們，走過來說以後每逢小息和午膳，都會鎖上視藝室的門，以免再有意外發生。」

「思薇為什麼會去視藝室？」

「她說想找老師，但**老師不在裏面**。」

「奇怪，奇怪，真奇怪！」白公子摸着下巴，一副偵探的模樣。「兇手呼之欲出，你們為什麼猜不到？」

「是誰？」三個女孩同聲問。

「就讓我彩虹鎮大偵探，為大家撥開迷

霧吧！」白公子撥一下頭髮，說：「兇手就是女班長！」

「**為什麼是她？**」三個女孩都很詫異。

「女班長本來想破壞雪婷的作品，為思薇減少競爭對手，結果不小心摔破了思薇的作品。她離開視藝室後，躲在角落觀察，見到雪婷進去後，重返案發現場，指證雪婷。思薇知道這件事後，為了**包庇女班長**，才會不說出真相。思薇在第二日再去視藝室，可能是女班長在現場留下證物，她不方便現身，就叫思薇取回來。」

「真相原來是這樣嗎？」芷冰感到**有什麼壓在心頭**，白公子的分析不無道理，就是覺得哪裏怪怪的。

聽完大家的推理後，不動大師伸了個懶腰，說：「**眼神會透露心聲**，沒必要想得太複雜嘛。」

時間不早，不動大師捧着風向魚宣布回程，跟白公子和芭妮坐在米克的背上，率先起飛。

　　「哎呀！」芝絲露摸摸後頸。

　　「怎麼了？」芷冰問。

　　「剛剛有點癢，現在又沒事了。」

　　「是不是有昆蟲？」芷冰走到芝絲露身後，看不到任何昆蟲，後頸也沒有紅腫。

　　「什麼也沒有。」

　　「嗯……可能是我的錯覺。」

　　芝絲露先協助芷冰爬到小卡的背上，再坐在她後面。圍巾起起伏伏，有東西在裏面跳動，可是誰也察覺不到。

　　起飛後，小卡飛得十分緩慢，一時望左邊，一時望右邊，**好像在尋找什麼**。當飛過山谷和河川後，小卡突然轉彎，不是飛向彩虹鎮。

　　芝絲露吃了一驚：「小卡，你想去哪裏？」

第⑧章
告別月落之國

「咿咿，咿咿咿。」

縱使小卡的叫聲有高音和低音，可是芝絲露和芷冰都猜不到他想說什麼。

飛了一會，大片花海映入眼簾，山頭被星雨花染成粉色和紫色，花朵隨風搖曳，耀眼壯觀。

小卡直衝向花海，着地時被石頭絆倒，打了個筋斗，芝絲露和芷冰也摔在草地上。

「咿咿。」

小卡流露出痛苦的表情，垂下頭舔右腳。

「你流血了。」芝絲露幫小卡止血，芷冰則拿出🐰兔子圖案藥水膠布，貼在傷口上。

「沒事了。」芷冰輕撫小卡，安慰他說。

小卡起飛和飛行都沒問題，就是降落技巧太差，幾乎每次都會摔倒，米克一定很擔心吧！

芝絲露轉動着腦筋，頭上忽然亮起明亮的燈泡，她說：「小卡，撞壞貓王店屋頂貓耳朵的小飛龍**不是米克**，其實是你嗎？」

小卡扁起嘴巴，點一下頭。

「你本來想在屋頂降落玩風向魚，卻不小心撞壞了貓耳朵嗎？」芝冰和芝絲露越來越合拍。

小卡的鴨子嘴巴更扁了，頭垂得更低了。

那一天，米克和小卡在一起，米克認為小卡學不會降落，自己也有責任。因此，他主動替小卡頂罪，任由貓大王責罵。小卡並非存心推卸責任，只是他不會說話，根本無從解釋。現在，他想摘一些星雨花，**送給貓大王道歉**。

芝絲露靈機一動，打手勢叫小卡和芷冰靠過去，在他們耳邊說悄悄話……

　　魔法兔們登上鬼火山後，貓大王一直坐立不安，不停在貓王店進進出出。

　　當他看到米克和魔法兔飛過來，眼睛和嘴角都笑彎了。他們降落後，他旋即收起笑容，擺出一張臭臉。

　　貓大王接過風向魚，看到有一枝指針折斷了，大罵米克：「你偷走風向魚，還要弄壞它，太可惡了！」

　　「哼！我最討厭被人冤枉！」米克的鼻孔用力地噴氣，差點把貓大王吹走。

　　「現在『龍』贓並獲，你還想抵賴？」

　　「哼！」米克的鼻孔再次用力地噴氣，貓大王穩住身體，氣勢逼人。

　　「你總是不聽別人解釋，便破口大罵。

告別月落之國

偷走風向魚的是小卡，不是米克。」不動大師平靜地說。

「什麼？」

不動大師說出風向魚「出走」的經過，貓大王的氣勢漸漸減弱，不再大吵大鬧。面對想念媽媽的孩子，誰也無法生氣。

就在這時候，天色變得昏暗，貓大王抬起頭，有什麼正從天而降，一眨眼便套在他的脖子上。

貓大王低頭一看，原來是兩個星雨花花環，是芝絲露提議，跟小卡和芷冰一起做的。

「咿咿咿，咿咿咿！」

小卡說了兩次「對不起」，貓大王明明聽不懂，卻感受到他的心意，嘴角泛起一絲微笑。

「哼！」米克瞪着貓大王。

「對⋯⋯對不起⋯⋯」貓大王羞紅了

臉，小聲說。

「我向來很大方，不會斤斤計較。」

不動大師看到小卡腳上有藥水膠布，就知道是芷冰幫他療傷。

貓大王返回貓王店，拿工具箱出來，和不動大師合力維修好指針。然後，米克載他們到屋頂，重新安裝風向魚。

小飛龍兄弟在上空盤旋，搧起陣陣清風，風向魚隨風轉動，回復生氣。兩兄弟向大家道別後，向着鬼火山飛去。

「任務完成，請付款。」

不動大師舉起一張帳單，詳細列明這次委託的費用，包括：動員人數、遇險次數、危險指數等等。

貓大王看到總金額，大罵：「太貴了！簡直就是搶劫！」

「我們要用生命搏鬥，出動一次，全身

傷痕累累，收費很合理。」

「你哪裏受傷？你說呀！你說呀！」

「我在山上掉了一條毛。」

「你是長毛兔，本來就天天掉幾千條毛啦！」

「哪有這麼誇張？**你想賴帳嗎？**好啊，我現在拆掉風向魚，送給可愛的小卡。」

「你敢碰風向魚一下，**我詛咒你一世失眠**。」

「這條魚又破又舊，遲早老化掉下來，就像你一樣，休息不夠，臉色差，快要變做臭臭老貓。」不動大師捏着鼻子說。

「我才不像你，從早睡到晚，吃得少，營養不良，肯定比我老得快，大懶老兔！」

唉！**他們又是這樣了**。

魔法兔和貓店員習以為常，不理會兩個店長的吵架。大家都知道他們表面上冷嘲熱

諷，其實打從心底關心對方。

　　不動大師和貓大王從小認識，經常一起到處遊玩。有一天，老師講解風向儀的用處，他們覺得有趣，也想親手做一個。繪畫設計圖時，不動大師說：「跟課本一模一樣，一點都不好玩嘛。」

　　貓大王想了想，說：「那就加一條魚啦！」

　　「我不喜歡魚，我喜歡紅蘿蔔。」

　　貓大王向後彈開，快速地說：「泡芙串燒波波糖。」他們同時出拳，不動大師是握緊的拳頭，貓大王是張開的手掌。

　　「嘩哈哈！我贏了！」貓大王高興得原地轉圈。

　　「我只是一時失策。」不動大師撅起嘴說。

　　就是這樣，風向魚在兩個孩子的合作下誕生，並且由貓大王保管。長大後，貓

告別月落之國

大王要開便利店，堅持要在屋頂放風向魚。

退色了，就重新着色；損壞了，就親自維修。風向魚翻新過無數次，貓大王依然不更換一個全新的。在貓大王心目中，**童年的風向魚象徵珍貴的友情**，是值得珍惜一輩子的寶物。

不動大師也是這麼想嗎？嗯，他沒有明確表示過，誰知道呢？

♪　★　☽　★　♪　★　♪　★　♪

回到魔兔店的用餐區，不動大師給螞蟻們吃高級餅乾，他們吃完後，排隊返回《伊索寓言》裏。

芝絲露急不及待追問不動大師：「我什麼時候挑戰過三關？」

「**你已經成功過關**，現在開始是魔兔店的廚師。」

「但我什麼都沒有煮過，你⋯⋯哎呀⋯⋯」

芝絲露感到後頸癢癢的，她受不了除下圍巾，三個小東西「咚咚咚」的掉到桌子上。「橡子精靈？」大家吃了一驚。

「芝士兔，你對他們做過什麼？」不動大師問。

「他們在山洞被你破除魔法，看起來很可憐，臨走時我便請他們吃糖果。」

不動大師歎了一口氣，坐下來說：「橡子精靈是山上的守護精靈，理應沒有下山的慾望。他們跟着你回來，很明顯是**少數的貪吃鬼**。你們三個，快返回山上。」

橡子精靈搖搖頭，鑽入放在桌上的圍巾裏，只露出三雙骨碌碌的大眼睛。

「你們想再吃糖果嗎？」芝絲露在桌上放下三顆糖果。

橡子精靈走出來，迅速把糖果吃掉。

「吃得太快了，你們的嘴巴在哪裏？」芷冰看不到他們張開嘴巴，糖果便不見了。

「他們似乎不想走，**以後由我照顧他們可以嗎？**」

橡子精靈高興得彈彈跳，還不停親芝絲露的臉頰。

「隨便你，不要騷擾我睡覺就好。」

橡子精靈纏住芝絲露要再吃糖果，她拿不穩掉下一顆，骨碌骨碌地滾到貨架下面，她於是趴在地上，把手伸進去。

看到這個情景，芷冰什麼都明白過來了，摔破杯碟的人原來是……

「我要回去，我現在就要回去。」

「你還沒吃過我做的蛋糕，多留一會啦！」芝絲露正打算做一些甜點。

「我也很想吃，但是我一定要見雪婷。」

「還沒天黑，你不用急着回去喔。」芭妮說。

「我還想聽你說氣體炸彈鍋爐的製作方法。」白公子說。

現在，我有更重要的事要做，
一定要回去。

　　芷冰的眼神堅定，言語間沒有絲毫猶疑。大家尊重她的決定，不再挽留她。

　　芷冰向魔法兔們揮手說再見，踏着大步走出魔兔店……

　　「怎會這樣？」魔兔店外面仍然是彩虹鎮，這道門不是唯一出入口嗎？芷冰返回店裏，不好意思地問：「請問我要怎樣回去？」

　　魔法兔們和芷冰走到街上，不動大師說：「到處看似沒有門，門其實無處不在。只要你伸出手，就會有出口。」

　　芷冰伸手按着路邊的樹幹，模仿魔法兔念咒語：「打開吧，回家的門！」一眨眼，樹幹上開出一道門。

芷冰回望芝絲露，淚水瞬間流下來。芷冰緊緊地擁抱着她，捨不得放手。第一次，深深體會到離愁的滋味，落在心底深處的不捨，很痛，很難受。

「芝士兔，我會永遠記得你的。」芷冰說。

「我也是，謝謝你相信我！」芝絲露說。

當芷冰走進門內，口袋裏的藥水膠布掉在地上，門也跟着消失了。

芝絲露撿起藥水膠布，輕聲說：「又是這樣。」

不只一次，芝絲露目送人類的孩子離開，屬於這個世界的東西，都會在門前掉下來。那些離開的孩子，再也沒有重遇。他們現在過着怎樣的生活呢？

人類無法帶走月落之國的東西，但芝絲露相信記憶和感受會留在心底。

　　沒有時空隧道，沒有天旋地轉，芷冰走入門裏，便回到寵物店。手錶的時間是星期日一點十分，跟離開時一樣。

　　芷冰找遍店子每個角落，都找不到雪婷，她失約了，一定還在生氣。芷冰不想浪費時間，衝出寵物店，在熟識的街道上奔跑。

　　「叮噹！」

　　雪婷打開大門，看到芷冰氣喘吁吁，當場呆住了。

　　「對不起！我不應該懷疑你，**我相信你**，我真的真的真的相信你！」

　　這幾天特別漫長，是人生中最難受的日子。

　　芷冰汗流浹背，頭髮凌亂，雪婷又想哭

又想笑，她鼓起腮幫，調皮地說：「你真是反應遲鈍。」

♪　★　♪　★　♪　★　♪　★　♪

星期一早上，工友姨姨逐一打開課室門，準備上課。當工友姨姨離開視藝室後，思薇悄悄地走進去，趴在地上，把手伸進櫃底。

「在哪裏？快出來！」

思薇又焦急又擔心，幾乎想整個人鑽入櫃底。

你是不是在找這個？

後面突然有人說話，思薇全身抖了一下，回頭一望，竟然是芷冰和雪婷，芷冰手上還拿着一個三色貓掛飾。

「你為什麼拿着我的三色貓？」

思薇有一枝三色原子筆，頂端綁着三色貓掛飾。她習慣把原子筆放在裙袋裏，再把掛飾伸出口袋。

「我們比你更早回到學校，叫姨姨給我們開門，看着我們取回掉到櫃底的三色貓。」

芷冰把三色貓掛飾還給思薇，說：「星期四中午，我來到視藝室後，你跟着出現。當時，我看到你把環保袋塞入裙袋裏。星期五，你想再進入視藝室，房門卻鎖上了。當時，你站在門外，一直盯着作品櫃下面。你不是想找老師，而是想取回掉在櫃底的東西。那是什麼呢？為什麼要鬼鬼祟祟？

「如果那是其他同學的東西，就表示你一直包庇着某個人。如果那是你的東西，就表示你比雪婷更早進入視藝室。星期四中午，我沒有留意到不妥，昨天才想起來，早上還在你裙袋邊的掛飾，**中午卻不見了**。

　　「憑着種種跡象，我就猜到你來視藝室，是想取回三色貓掛飾。思薇，是你摔破自己的作品，**你為什麼要這樣做？**」

　　思薇緊抿着嘴唇，眼中閃着淚光，她低聲説：「**是我做的**。」芷冰和雪婷一方面鬆了一口氣，另一方面難以理解思薇的想法。

　　「我一直覺得雪婷的作品比我做得好，很怕輸掉比賽。星期四中午，我想再看看自己的作品，拿起來時不小心摔破了。我想帶走作品的碎片，於是返回課室取環保袋。回來後，看到大家圍着雪婷，認定她出於妒忌，摔破我的作品。

「我當時**又怕又亂**，忍不住哭起來。突然，我想到這樣就可以不參加比賽，不會輸，也不會被人批評，於是什麼也不說。返回課室後，我發現三色貓不見了，應該是摔破杯碟時，不小心撞到作品櫃而掉下來。

「我以為**只要不追究**，大家會**很快忘記**這件事，沒想到他們會針對雪婷。我很害怕，不知道怎麼做，我想過說出真相，但越想越害怕。雪婷，是我害你被同學誤會，對不起……嗚……嗚嗚……」思薇泣不成聲，淚水好像缺堤似的湧出來，怎樣擦拭也止不住。

「我也很害怕，不敢站出來維護雪婷。」芷冰說。

「**我也很害怕**，一直被同學排擠就慘了。」雪婷說。

「原來我們都是膽小鬼呢！」

一次又一次，我們害怕得不知所措，試着承認自己的軟弱，會不會變得勇敢一點點？

芷冰和雪婷，一個是冰，一個是雪，在嚴寒中陪伴彼此，學習堅強。

上課前，三個女孩一起找班主任，説出整件事的真相。由於牽涉到全班同學，經過商量後，班主任讓思薇在課堂上向同學坦白一切。她邊説邊哭，發自內心的懺悔猶如陣陣重擊，擊中同學們的心靈。

由始至終，**思薇沒説過雪婷壞話**，也沒有證據指向雪婷，全是同學們的猜測。在這一刻，同學們沉默不語，由女班長開始，一個接一個垂下眼睛。大家都犯了錯，沒有人有資格責怪思薇。

☽　★　☽　★　☽　★　☽　★　☽

轉眼到了星期日，天空灰沉沉的，準備

迎接一場大雨。

芷冰和雪婷再去寵物店選購貓零食，雪婷排隊付款時，芷冰重複開門和關門，始終無法進入月落之國。

過了一會，烏雲漸漸散去，陽光灑在大廈和街道，玻璃窗閃出光芒。

芷冰輕聲哼唱——

清晨唱唱歌　麻雀不會為明天憂慮
夜晚唱唱歌　知更鳥不會生氣到日落

「你唱什麼歌？」雪婷問。

「我不知道歌名，是一隻兔子教我唱的。」

「你說什麼？」

「我們去吃泡芙，我教你唱喵喵歌，還有很多故事要告訴你。」

「好啊！我還以為會下雨，沒想到現在陽光普照，可以遲些才回家。」

不動大師的話在芷冰耳邊響起：「凡事都有兩面，**表面和背面是相反，也是延續。**」

忽然間，芷冰想通月落之國的含意——**月落之後是日出，日出象徵光明和希望。**

魔法兔是天使，沒有大翅膀，卻有長耳朵。一生只有一次的相遇，值得一生銘記，**但願世上的孩子，都可以遇見魔法天使。**

第⑩章
魔兔店的密室

晚上十時，魔兔便利店結束一天的營業，芭妮關掉招牌和店面的燈，和白公子返回員工宿舍。

「你過來一下。」不動大師叫芝絲露去店子後面，橡子精靈也跟着飛過去。

不動大師站在潔白的牆壁前，伸出手指隔空畫了一個小圓圈，**牆上隨即出現一個門把**。他一轉動門把，牆壁便開出一道門。他們走進去後，門和門把同時消失，橡子精靈「咚咚咚」的直撞在牆上，怎樣也進不去。

當門關上後，壁燈和檯燈自動亮起來，彩繪玻璃燈罩透出柔和的燈光。玻璃天花板擴闊了空間感，**可以仰望滿天繁星**，

芝絲露忍不住「嘩」的叫了一聲。

房間中央放了一張大桌子，上面有煮食爐、煮食用具、試管、燒杯、沙漏和洗手盆。牆前有一座壁爐，還有搖椅和茶几。

層架和櫃子整齊排列，分別擺放書本、植物、食材、調味料、不同顏色的玻璃瓶……芝絲露拿起一個黃色玻璃瓶，標貼寫着「蚊香花的花粉」，在其他玻璃瓶裏，還有各地泥土、花瓣、微生物等等。這個獨特的房間像是廚房和實驗室的混合體，芝絲露深呼吸，**空氣中有家的味道**，感到溫暖的親切感。

「這裏是**魔法廚房**，只有我和魔兔店的廚師才可以進來。你看到的東西都可以使用，有什麼想要就叫芭妮訂購，或者自己找回來。店裏售賣的小食不用施魔法，只要色香味俱全，顧客喜歡便可以了。」

「我真的可以留在這裏工作嗎？」

「我說過了，你已經成功過三關。」不動大師一邊豎起手指，一邊說：「**第一關：在危險關頭不會丟下同伴；第二關：承認自己能力不足；第三關：勇於面對困難。**」

「全部跟烹飪無關。」

「你是食物魔法兔，天生會烹飪，還要考驗什麼？不過，你的魔法藥丸太恐怖了，沒有人想吃『兔子便便』。」

「嘻，**我會努力改良的了**。」芝絲露摸着後腦，尷尬地笑。

魔法藥丸的缺點除了外表醜陋，還有法力不足的問題。芝絲露自知魔法尚未成熟，需要**不斷練習提升能力**。

滿天星星伴着月亮，擠得密密麻麻，彷彿隨時要下一場閃爍的星雨。

「我記得下午飛過魔兔店的上空，屋頂不是透明的。」芝絲露挨着大桌子説。

「我施了魔法，從外面看只是普通屋頂。除了我們四個和離職的廚師，**沒有人知道店裏還有一個密室**。」不動大師坐在搖椅上，問：「你見到芷冰時，一點也

不驚訝，**你以前見過人類吧？**」

「嗯，見過幾次，都是小朋友和青少年，他們的身邊都會出現魔法兔。他們打開門後，會來到住宅、教堂或學校，不一定是便利店。」

「**都市傳說嘛**，當然跟真實情況有出入。」不動大師笑一笑。

「還有，任何地方的魔法兔，都**不會對人類的孩子置之不理**。」

「通往月落之國的門，一定要由孩子主動打開。他們把門打開，就是發出求救訊號，**沒有人會無視陷於困境的孩子**。」

「就像芷冰那樣，遇到困難時，不知道怎樣解決，甚至不懂得尋求幫助。」芝絲露把兔子圖案藥水膠布交給不動大師，問：「為什麼在出發前，要芷冰帶走一件貨品？」

「我是做商店的，當然想知道客人的喜好。」

「不會這麼簡單吧？藥水膠布是不是有

魔法？就像護身符一樣，萬一失散遇到危險，可以保護她？」

「你想太多了，如果她選糖果，在登山前吃掉也沒關係。」

不動大師總是擺出悠然的態度，芝絲露難以捉摸他的真正想法。從小到大，芝絲露都有很多疑問，不動大師會知道答案嗎？

「你有沒有想過，為什麼人類的孩子會來到我們身邊？為什麼只有兔子會用魔法？」

「因為兔子**天生好奇心重**，哈哈！」

芝絲露的眼睛瞇成一條線，不滿意這個敷衍的答案。

「**和孩子走一段路，會看到不一樣的風景**，不是很有趣嗎？」

芝絲露想起坐在小飛龍的背上，初次飽覽彩虹鎮的壯麗景色，每一下呼吸都震撼心靈，是前所未有的體驗。不動大師所説的

「風景」，除了眼睛看得見的東西，還包括親身體驗吧。

月光穿過天花板照入室內，亮起一條光之走道。不動大師走向房門，站在光之走道的盡頭，說：「小時候，我也問過大人，在月落之國，為什麼只有兔子會用魔法？大人總是說**我們是被揀選的動物**。」

「那時候，我完全不明白這句話的意思。長大後，接觸過人類的孩子，看着他們踏着迷惘的腳步進來，抱着堅定的信念回去，我好像漸漸明白了什麼。現在，魔法兔之間都有共識，在孩子面前，要使用最低限度的魔法。」

「我無法解答所有疑問，但比起由別人告訴你，**自己尋找答案，肯定有趣得多**。」

不動大師的話，觸動了芝絲露的心靈，一股暖流緩緩地滲透全身。獨自來到陌生

的城鎮，卻沒有絲毫陌生的感覺，就是這裏了，今後要留下來的地方。

「芝士兔，你一個人離開向日鎮，長途跋涉來到彩虹鎮，應該**有更重要的答案想知道吧！**」

芝絲露愣住了，她從沒說過自己的背景，不動大師怎會知道她從哪裏來？他也知道自己離開故鄉的秘密嗎？

這個魔法廚房，不動大師說只有他和魔兔店的廚師才可以進來。換言之，魔兔店的廚師可以替換，但店長只可以是他本人。

不動大師只要吹一口氣，橡子精靈的鬼火便熄滅了；玻璃天花板和隱形房門的魔法，也要長時間維持。他除了伊索魔法，似乎還擁有更強大的魔法力量。

這個懶洋洋的店長，**真正身分到底是什麼？**

螞蟻和蟋蟀

在炎熱的夏天，螞蟻辛勤地搬運食物，累得滿頭大汗。

「啦啦啦……啦啦啦……」

蟋蟀彈着結他唱歌，看到螞蟻來來回回，沒有一分鐘停下來，好奇地問：「天氣這麼熱，你們忙什麼？不如跟我一起唱歌跳舞，好好享受美好的時光啦！」

其中一隻螞蟻説：「我們現在要儲存糧食，到了冬天便找不到食物了。」

蟋蟀哈哈大笑：「你們看，到處都是食物，想吃就吃。冬天的事冬天做，夏天就是要玩個痛快，大笨蛋！」

螞蟻們不理會蟋蟀的嘲笑，繼續默默地搬運食物。

轉眼間，冬天到了，天氣變得十分寒冷。

蟋蟀肚子餓了，冒着寒風出門，可是到處都找不到食物。相反，螞蟻有充足的食物，留在溫暖的家裏，舒舒服服地過冬。

「叩叩叩！」

螞蟻聽到敲門聲，開門一看，原來是蟋蟀，他全身發抖，變得又瘦又虛弱了。

「小螞蟻，我快要餓死，你可不可以給我一點食物？」

螞蟻同情蟋蟀，説：「你進來吧！」

螞蟻拿出食物，蟋蟀吃飽後，身體暖和得多了。

「小螞蟻，謝謝你！夏天時，我不應該天天唱歌玩耍，什麼也不做。」

蟋蟀感到又後悔又慚愧，他當初不應該嘲笑螞蟻。

自私的野貓

　　有三個動物家庭住在大橡樹，一隻老鷹在樹頂築巢養育幼鳥，一隻野貓在樹幹的洞裏生下小貓，一隻野豬帶着小豬住在樹下的地洞裏。

　　三個家庭各自生活，本來相安無事，可是野貓漸漸生起自私的念頭，想獨佔所有食物。

　　野貓爬到樹頂，對老鷹説：「豬太太不停在樹下挖地洞，這棵樹很快便會倒下來，到時我們的孩子就會有生命危險啊！」

　　老鷹嚇得抱着幼鳥，不敢離開鳥巢半步。

　　接着，野貓走入地洞，對野豬説：「我聽説鷹太太打算趁你出去找食物時，叼走你的小豬做大餐。」

　　野豬十分擔心，也不敢離開地洞覓食。

　　老鷹和野豬相信野貓的話，留在家中保護子女，餓着肚子，終日提心吊膽。

　　野貓也假裝害怕，等到大家睡着後，才在晚上出去找食物。少了兩個家庭的競爭，野貓和子女每天都享用豐盛的大餐。

　　但是，野貓太過得意忘形，忘記在森林要提高警覺。有一個晚上，當野貓外出覓食時，不小心掉入獵人的陷阱，被獵人捉住了。

　　老鷹、野豬和孩子們快要餓死，才知道自己誤信野貓散播的謠言。

魔兔傳説 SOS ①
消失的風向魚

作　　　者： 利倚恩
繪　　　者： 岑卓華
出版總監： 劉志恒
主　　編： 譚麗施
美術主編： 陳愷瑩
美術設計： 梁穎嘉
特約編輯： 莊櫻妮
出　　版： 明報教育出版有限公司
　　　　　　香港柴灣嘉業街 18 號明報工業中心 A 座 15 樓
　　　　　　電話：(852) 2515 5600　　傳真：(852) 2595 1115
　　　　　　電郵：cs@mpep.com.hk
　　　　　　網址：http://www.mpep.com.hk
發　　行： 香港聯合書刊物流有限公司
　　　　　　香港新界大埔汀麗路 36 號中華商務印刷大廈 3 樓
印　　刷： 創藝印刷有限公司
　　　　　　香港柴灣利眾街 42 號長匯工業大廈 9 樓
初版一刷： 2021 年 7 月
定　　價： 港幣 68 元｜新台幣 305 元
國際書號： ISBN 978-988-8558-16-2

補購方式

網上商店
* 可選擇支票付款、銀行轉帳、PayPal 或支付寶付款
* 可選擇郵遞或順豐速遞收件

mpepmall.com

魔兔書房

電話購買
* 先以電話訂購，再以銀行轉帳或支票付款
* 訂購電話：2515 5600
* 可選擇郵遞或順豐速遞收件

讀者回饋

感謝你對明報教育出版的支持，為了讓我們能更貼近讀者的需求，
誠邀你將寶貴的意見和看法與我們分享，請到右面的網頁填寫讀
者回饋卡。完成後將有機會獲贈精美禮物。數量有限，送完即止。

https://www.mpep.com.hk/leeyiyan